Moryai

che ballava sui sassi

Di

Mirko Campini

1

L'immagine di copertina è stata realizzata dall'artista **Dunio Piccolin.**

Prefazione

di

Sibyl von der Schulenburg

L'ambientazione di una storia è il palcoscenico su cui le azioni si compiono, i personaggi si muovono e la trama si svolge. Uno scrittore sa che un luogo non vale l'altro e che la stessa storia può sortire sensazioni diverse nel lettore a seconda che sia ambientata al mare o in montagna, nel deserto o nella steppa.

Il racconto di Mirko si svolge sul lago e pone, sin dall'inizio, l'animo del lettore in quella modalità di calma riflessiva che solo la zona lacustre sa dare. Il lago, a differenza degli spazi ampi con orizzonti lontani, pone dei limiti allo sguardo e al pensiero: le montagne e le sponde contengono ansie e fobie lasciando nell'osservatore un senso di accudimento dato dai punti di riferimento, una circolarità inclusiva che ricorda forse il grembo materno.

Queste sensazioni ci sono offerte anche dai luoghi descritti in *"Moryan che ballava sui sassi"*. L'autore porta il lettore in un mondo fatto di piccoli centri abitati aggrappati alla montagna, dove la quotidianità si svolge in vicoli stretti e scalinate ripide, piccoli spazi dai quali, alzando lo sguardo si vedono le nuvole veleggiare nel cielo, la luna o il buio blu delle notti tra i monti. Poi lo scenario cambia e ci si trova sul lungolago animato dai turisti; oppure su un battello che fende le acque del lago senza ferirlo, oppure ancora si è circondati da alberi bagnati nel bosco dopo la pioggia mentre *"Come sempre, dopo un temporale, il Garda sembrava prepararsi a indossare l'abito delle grandi occasioni"*.

L'ambiente raccontato da Mirko è come un presepe in attesa del Bambino, un mondo a sé stante in cui tutto è carico di *"Desideri, emozioni e realtà, un gioco spesso violento di scambi, di scontri e di territori presi o restituiti. Diventare adulti, restando bambini."*

Le descrizioni paesaggistiche sono piene di poesia, parole che compongono quadri vividi con rapide e precise pennellate, dove forme e colori sono simboli della vita interiore dei personaggi. Sono uomini e donne che rivestono i ruoli degli archetipi junghiani in parti sovente assegnate dal destino come quella scritta per la bella Moryan, orfana, innocente e guerriera che, per essere sovrana del suo futuro danza per la luna, l'amante del lago.

Centrale è John, un personaggio con ruolo paterno, creatore e distruttore nelle fasi oscillanti di un rapporto difficile che l'ha reso contemporaneamente saggio e folle, un uomo che in vecchiaia è riuscito a divenire una sorta di angelo custode degli affetti famigliari sopravvissuti.

Se poi fosse vero che ogni autore mette qualcosa di sé in ciò che scrive, l'archetipo del cercatore sarebbe dato dall'io narrante, un Mirko Campini che sceglie sulle rive del lago di Garda le pietre più piatte e levigate da offrire alla danzatrice della sua storia così da compiere ancora una volta la magia dell'amore, la calda luce di scena che illumina tutti i suoi meravigliosi racconti.

Sibyl von der Schulenburg

Scrittrice

Moryan

che ballava sui sassi

La strada risaliva le colline, come quel sottile filo d'argento che delicatamente appoggiamo sopra i rami dei nostri alberi a Natale, mentre i rumori del lago si affievolivano alle mie spalle. Le curve si susseguivano e io le percorrevo con cura per poi affacciarmi e guardare l'orizzonte, cercando quella linea dove il cielo incontra l'acqua e la montagna.

Quello è l'istante in cui il Garda ti chiama porgendoti il suo speciale benvenuto.

Qui, a Tresnico, quel lungo filo d'argento ha rallentato la sua corsa, celandosi fino all'ultimo angolo della strada per poi riaprirsi come fanno le dita di una mano che si liberano dal pugno, come un lungo e profondo respiro dopo l'apnea.

Sospeso e immerso nel mare verde degli ulivi, questo grazioso paese sembra non voler disturbare tanta bellezza, nascondendosi ai turisti che in maggior parte lo attraversano velocemente. Anche la chiesetta di San Martino, con le sue campane, resta quasi nascosta da un grande ippocastano e, dietro di lei, solo poche case arroccate tra gli stretti vicoli che risalgono la collina.

Ero arrivato da qualche giorno e avevo già cominciato a spostarmi tra il lago e la montagna, al ritmo armonioso di un'altalena.

Durante una di queste passeggiate, vidi un uomo piuttosto robusto seduto sul muretto di fronte alla panetteria dove ero solito fermarmi per fare spesa. Stava leggendo un libro. Notai che sotto la giacca indossava una camicia a fiori ampia e vistosa che si intonava ai suoi occhiali di un colore giallo acceso. Un tipo bizzarro, pensai mentre lo superavo.

Scendeva una leggera pioggia, così affrettai il passo ed entrai in un bar nella piazzetta dell'imbarcadero, trovando posto in un divanetto da cui potevo vedere i battelli che si rincorrevano e la gente che ordinatamente si metteva in fila per salire.

Anch'io avrei dovuto prenderne uno ma ero un po' in anticipo e così prolungai la mia sosta.
Il bar era quasi deserto e nessuno sembrava aver intenzione di scambiare qualche parola con i pochi presenti.

Così divenne più facile apprezzare i suoni del sottofondo: il rumore brusco della macchina per il caffè, la pioggia che ora batteva più impetuosa sui vetri e una vecchia canzone che strofinava la lampada magica dei miei pensieri. Poi la porta si aprì di scatto, facendo vibrare i piccoli addobbi natalizi rimasti appesi al vetro nonostante l'estate fosse ormai alle porte. Quando l'uomo si tolse la giacca e appoggiò il libro, riconobbi immediatamente la camicia a fiori di quello strano turista visto poco prima.

Si rivolse al barista con tono deciso e in un italiano stentato ma sufficiente per ordinare qualcosa: una birra rossa e un tramezzino.

Subito si mise a leggere avvicinandosi con gli occhi alle pagine del libro.

Era una persona interessante, anche un pò eccentrica per il suo modo di vestire, il suo accento e i suoi capelli: rossi, lunghi e disordinati, anzi dimenticati, come un po' tutto il suo abbigliamento.

Un uomo che forse aveva qualcosa di molto più urgente da fare o da capire. Cominciò a lamentarsi di qualcosa. Qualcosa che forse aveva a che fare con il libro che aveva in mano. Come se non riuscisse a leggere bene il suo contenuto. Girava le pagine, poi le avvicinava e dopo riprovava a guardarle un po' più da lontano.
In realtà, mi accorsi che quello che aveva tra le mani assomigliava di più a un diario scritto a mano. La copertina era di pelle marrone e, appoggiata sul tavolino si scorgeva una cintura di corda.

Il suono della sirena che annunciava l'arrivo del battello mi costrinse ad alzarmi e uscire velocemente dal locale .
Quando arrivai sulla porta mi accorsi di un biglietto grigio che era caduto per terra.

Lo presi e lo feci vedere al barista ma, prima ancora di poterlo appoggiare sul bancone, l'uomo si era già alzato verso di me e con la sua mano grossa e pesante aveva già stretto quel biglietto.

"È mio, grazie"
"Di niente, si figuri. Arrivederci"

Mentre ero in viaggio, seduto accanto al piccolo oblò del battello, ripensai a quella scena e a quell'uomo. Ricordai anche quello che avevo letto sul biglietto. Un biglietto da visita molto stropicciato che si riferiva ad una pensione o a qualcosa di simile, un nome scritto a matita che non ero riuscito a decifrare, accompagnato da un numero di telefono.

La giornata proseguì e questo pensiero venne completamente sostituito dalla bellezza dei luoghi che si alternavano davanti ai miei occhi.
Era arrivato anche il vento e le nuvole si muovevano di continuo sopra di me così da lasciar passare qualche raggio di sole che attenuava l'intensità di una pioggia piuttosto fastidiosa. Tutto ciò rendeva un pò caotico e rumoroso il defluire delle persone e difficoltoso l'incedere dei loro ombrelli.

Intanto il panorama intorno era diventato sempre più suggestivo. Navigando verso nord le montagne che si affacciano sul Garda si fanno più vicine alla costa e cambiano l'atmosfera, che diventa più austera. Il lago si restringe, entrando nell'ombra delle pareti di roccia che si alzano sopra le gallerie della costa occidentale.

Quando arrivai a destinazione sentii subito in faccia la fresca folata di vento tipica della parte più a nord del lago. Mi guardai indietro e vidi che l'acqua si era riempita di minuscole e coloratissime vele.
Presi la strada che portava verso la spiaggia e mi persi ad inseguirle con gli occhi, accomodandomi sopra una panchina di legno appena asciugata dal sole, assaporando un discreto e prolungato senso di felicità.

La mattina dopo mi svegliai presto e scesi a piedi verso Gardone per camminare tra gli alberi bagnati dalla pioggia. Era un momento che mi emozionava sempre e che organizzavo con cura, attendendo le condizioni migliori. Aspettavo con pazienza un giorno di pioggia e la luce della mattina, oppure le ore del crepuscolo, cercando quel momento magico in cui il profumo dei cipressi diventa poesia.

Prima di risalire, mi fermai alla solita panetteria e sul muretto trovai una custodia aperta che conteneva un paio di occhiali da vista, piuttosto spessi, con una eccentrica montatura gialla.

Mi accertai che nessuna delle persone intorno e nel panificio li avesse persi e poi mi tornò in mente quell'uomo con la camicia a fiori che avevo visto proprio lì e che poi al bar non riusciva a leggere il suo diario.

Certo, era un pò strano pensare di aver trovato in poche ore due oggetti persi dalla stessa persona: può succedere però che in questi sperduti paesi, così lontani dalle nostre città, il tempo e le occasioni si diano spesso appuntamenti insoliti e sorprendenti, consentendo alle persone di rivedersi senza essersi per nulla cercate.

John McMillan, così si chiamava, lo trovai due giorni dopo proprio a Tresnico, mentre stendeva la sua camicia a fiori sul balcone della casa di fronte alla mia.
Mi confermò che gli occhiali che avevo visto erano proprio i suoi e così li andai subito a riprendere.

Da quel momento cominciammo a conoscerci : camminavamo insieme attorno agli ulivi e ci facevamo compagnia davanti ad un bicchiere di vino o ad un buon caffè, rigorosamente italiano. Mi aveva raccontato che era nato in Scozia ma che si era poi trasferito con la sua famiglia in una piccola città della Carolina del Nord, negli Stati Uniti. Riuscivamo a capirci piuttosto bene e lui era davvero simpatico.
Ma aveva un rimpianto. O un dolore.

Io lo avevo intuito, ma non trovavo il modo per farmelo spiegare. Davanti a me quel diario non lo apriva mai, lasciandolo sempre appoggiato e richiuso sotto il piccolo televisore del salotto.

Dalla finestra della mia casa lo avevo visto più volte intento a leggerlo in modo nervoso. Ora gli occhiali li aveva di nuovo ma evidentemente c'era qualcos'altro che non riuscivo a comprendere. Sì, ma cosa?

Diceva che era arrivato a Tresnico per gestire degli affari che riguardavano un'azienda di famiglia che produceva olio e, in effetti, spesso si assentava per intere giornate.

In realtà, parlando con i miei amici del posto, scoprii che di questa azienda nessuno sapeva nulla e io cominciai a dubitare che John mi stesse raccontando la verità.

Non possedeva una macchina ma nonostante avessi provato diverse volte ad offrirgli un passaggio, lui aveva sempre rifiutato, con modi gentili, ma fermi. Prendeva il pullman che si fermava sotto la chiesetta e poi rientrava con l'ultima corsa del pomeriggio.

Un giorno decisi di seguirlo.

Scese abbastanza presto, all'altezza del Vittoriale e poi cominciò a camminare. Ogni tanto si fermava e apriva il diario. Poi ricominciava a muoversi.

Quella mattina entrò prima nel Giardino Botanico, poi in un bar ed infine fece una lunga passeggiata fino al Grand Hotel. Lì si avvicinò e riprese a leggere il diario, guardando in alto verso le ultime finestre.

Cosa stava cercando?

Incuriosito, lo seguii un'altra volta.

Cambiavano i luoghi ma i percorsi seguivano sempre tracciati piuttosto simili. Musei, bar, ristoranti, spiagge, parchi e lunghe soste sulle panchine. Era come se seguisse gli itinerari ed i luoghi tipici di un turista in vacanza sul lago di Garda, spesso senza entrarci nemmeno. Stava lì qualche minuto a guardare con il diario in mano e poi si allontanava.

Nelle nostre conversazioni non c'era traccia di tutto questo. Lui continuava a raccontarmi che incontrava avvocati e commercialisti per la questione dell'azienda che voleva vendere.

Una sera fummo invitati ad una piccola festa nella piazzetta del borgo per festeggiare l'inizio della stagione estiva. Uno dei rari momenti in cui il paese si animava grazie all'arrivo di molti lavoratori dai territori circostanti e di qualche gruppo musicale per allietare la serata.

John non era di buon umore e all'ultimo momento mi disse che non sarebbe venuto.

Andai ugualmente.

La piazzetta era piena di gente e c'erano tanti bambini che correvano intorno ai tavoli e tra i vicoli. Li guardavo con emozione mentre si preparavano pietanze di ogni tipo e dalle cantine arrivavano piccole damigiane di vino. Accanto a me avevo diversi amici che avevo conosciuto negli anni. Uno di questi, Remo, interrompendo le risate e quel bel clima di festa che si era creato, si fece serio e a un tratto mi chiese:

"Come sta John?"

Compresi che c'era qualcun altro, a parte me, che conosceva quello strano turista americano e iniziai a fare domande.

Così venni a sapere che John molti anni prima, in quella stessa casa, era venuto con la moglie per trascorrere una vacanza estiva. Con loro c'era anche una bambina che mostrava una grande vivacità, al punto che di frequente si sentivano le urla della madre mentre la inseguiva con fatica per le strade del paese.

Una volta era addirittura scappata correndo verso il lago e ci vollero alcune ore per ritrovarla.

"Voleva solo fare un tuffo"

16

Disse così proprio al mio amico Remo che l'aveva vista piangere, seduta su una roccia ad una curva della strada, e l'aveva riportata a casa con il suo trattore.

Rimasero a Tresnico un paio di mesi, poi non li videro più. Mi dissero che qualche anno dopo cominciò a farsi notare in paese una ragazza giovane e dai capelli rossi.

Le poche persone che erano riuscite ad avvicinarla avevano fatto in tempo solo ad intuire che veniva da lontano ma erano tutti sicuri che potesse trattarsi della figlia di John.

Per qualche anno ancora la ragazza si fece rivedere alloggiando in una abitazione ai margini del paese, dalle cui finestre si sentiva sempre uscire della musica.

La moglie di Arturo, il cuoco, finito di riempirmi il bicchiere, aggiunse:

"Si chiamava Moryan, era scozzese"

Stava arrivando un temporale. Uno di quelli forti, come spesso succede in estate. Ci alzammo tutti e in pochi attimi di quella lunga tavolata non restò più nulla, a parte alcuni bambini che sotto un portico stavano terminando la conta per l'ultimo giro a nascondino.

Li guardai, con le grosse gocce d'acqua che intanto cadevano nel mio piatto di plastica, non ancora vuoto.

Ero incantato dalla magia di questa musica creata dai suoni, dai rumori e dalle voci di questi bambini attorno a me.

Qui succede ancora di vederli rincorrersi tra i saliscendi delle stradine o parlare attorno al tavolino della piazzetta, sotto la grande ombra dell'ippocastano.

E il silenzio che si ascolta tutto intorno e che vibra tra gli ulivi, diventa come il buio per l'inizio di un'opera a teatro. Si spengono le luci togliendo tutto quello che non serve, aspettando solo di sentire la prima nota dell'orchestra, di vedere il primo attore che entra in scena: la voce di un bambino, quella di una madre che chiama dalla finestra, l'ultimo rimbalzo di una palla che piano piano si ferma nell'angolo in fondo al cortile.

Tornando a casa passai sotto le finestre di John e vidi che le luci della sua camera erano ancora accese. Riconoscevo bene l'ombra della sua sagoma disegnata sulla tenda.
Forse stava ancora leggendo, oppure preparando il suo prossimo itinerario. Di certo, come sempre, non riusciva a dormire.

Ma nemmeno io quella notte riuscii a prendere sonno facilmente.

I pensieri tornavano a quell'uomo, a quello che avevo saputo e a quel dolore misterioso che avrei voluto risolvere e che invece finiva per tormentare anche me.

Per fortuna la mattina arrivò in fretta: splendida, luminosa, eccitante.

Come sempre, dopo un temporale, il Garda sembrava prepararsi a indossare l'abito delle grandi occasioni.

Come uno sposo prima di arrivare all'altare il Garda, dopo la tempesta, si rialza, ricuce qualche piccola ferita e si mette davanti allo specchio.

Pettina il profilo delle sue montagne, sceglie il grigio delle sue increspature, il verde delle isole. Attende ancora un pò di luce e poi chiama a sé barche e battelli, facendo scorrere le loro scie come le righe sottili nel più elegante dei vestiti gessati. Poi infila il suo mantello azzurro e si sdraia delicatamente sotto di noi.

John era già uscito. Decisi allora di andare a cercare la casa di quella ragazza dai capelli rossi. La casa di Moryan.

Tresnico è un posto davvero piccolo e quindi non fu difficile individuarla. Era proprio l'ultima abitazione prima di un sentiero che entrava nel bosco e costeggiava una lunga e profumata siepe di alloro. Pur essendo chiusa da qualche anno la vegetazione intorno era molto curata.

Una bouganville di un porpora acceso si arrampicava fino al tetto e tra le finestre. Le persiane ancora in buono stato erano tutte colorate e l'effetto complessivo era bellissimo. Mi avvicinai alla porta, piuttosto piccola.

Non c'era nessun nome ma solo l'immagine di una ballerina dai lunghi capelli rossi e vestita di viola, dipinta sul legno.
La fissai a lungo, poi mi allontanai con qualche dubbio in testa e con l'idea di scendere velocemente verso il lago. Speravo ancora di incontrare John.

Il mio sguardo continuava a soffermarsi sulle persone che vedevo muoversi davanti a me sui marciapiedi o sedute sulle panchine. Feci diverse volte la strada del lungolago, poi, finalmente, mi fermai.
Le bancarelle di un mercatino dell'usato avevano acceso la mia curiosità e c'era anche un vecchio gelataio ambulante appostato nella via accanto. Acquistai un vinile di una cantante portoghese e presi il mio primo gelato della stagione vicino ad un parco giochi, non molto ben tenuto e, infatti, poco frequentato. Era l'ora degli aperitivi e la gente affollava le strade e le piazze. Ogni tanto si sentiva il vetro dei bicchieri che tintinnava appoggiandosi ai tavoli di metallo, mentre le onde create da un battello, battevano forte sulla passerella di legno,

schizzando acqua e facendo volare via un gabbiano.

Mi bagnai anch'io e cercai riparo spostandomi poco oltre.

Quando tornai a sedermi, John era davanti a me, intento a guardare una vecchia altalena fuori uso. Indossava ancora la sua camicia a fiori e aveva lasciato un pò incautamente la custodia degli occhiali sopra ad un vaso mentre il diario di pelle era ben stretto tra le sue mani.

"Non li perderai anche stavolta?", gli dissi, indicando gli occhiali.

Lui ci mise qualche secondo a riconoscermi, forse accecato dalla luce del sole che filtrava da un aranceto. Poi mi sorrise, tradendo un evidente imbarazzo. Cercai di rassicurarlo dicendogli che stavo andando via, ma fu lui questa volta che cominciò a parlare. Dapprima in modo concitato, spiegandomi i motivi per cui l'avevo trovato lì, degli affari che andavano per le lunghe e della lentezza della burocrazia italiana.

Non mi trattenni più. Lo fermai, mettendogli la mano sulla spalla.

"John, io so perché sei qui"

In quegli istanti qualcosa era successo nella mia mente. Finalmente, alcuni tasselli di quel puzzle che da settimane mi tormentava avevano trovato la loro giusta collocazione.

Il suo sguardo fisso verso l'altalena ferma di quel parco giochi mi aveva fatto ricordare un elemento ricorrente negli itinerari che avevo percorso con lui.

Le sue soste sulle panchine e sui muretti davanti ai giochi per bambini che avevo considerato semplici momenti per riposarsi dalla fatica, in realtà erano anch'esse ricerca o forse solo ricordo di momenti passati.

Ero ormai sicuro che stesse inseguendo Moryan.

"Lo so perché sei qui"

Dovetti ripeterglielo ancora una volta, perché quel diluvio di parole si fermasse.

E, finalmente, si fermò.

Gli occhi divennero rossi, la testa si chinò e le mani la circondarono. Singhiozzò a lungo e io mi sedetti al suo fianco senza mai lasciare la sua spalla. Il sole era ormai dietro le montagne e la gente stava lasciando i tavolini all'aperto, preparandosi alla sera. Lo accompagnai a casa rispettando il suo assoluto silenzio. Poi mi invitò a mangiare qualcosa con lui e cominciò a raccontarmi di Moryan.

Non era sua figlia, l'aveva adottata quando aveva 6 anni. I suoi genitori erano molto giovani e si lasciarono coinvolgere in storie di droga e delinquenza. Il padre era finito in carcere. John sapeva che Moryan era nata in

Scozia e che la madre era portoghese, lingua che la bambina mostrava in parte di conoscere. Nient'altro.

Ogni tanto si interrompeva e mi faceva vedere il diario. Fu lui a cominciarlo scrivendo di questa bambina e ritraendola nei suoi primi sorrisi e nei suoi giochi.
Ammirai i suoi disegni, curati in ogni dettaglio e dai colori brillanti.

Poi iniziai a vedere qualche parola scritta da Moryan. Aveva iniziato a scrivere il suo nome, quello di John e della moglie Lisa.
Piano piano cominciarono a portarlo avanti insieme e anche nelle illustrazioni si vedeva sempre di più la mano di una bambina che stava crescendo. Evidentemente, quelli furono gli anni più sereni e infatti John, nel ricordarli, sorrideva spesso, indicando e leggendo le pagine del diario.

Poi la voce si fece più intensa. La vivacità di Moryan divenne energia in molti casi incontrollabile. Il rendimento a scuola peggiorò ma era soprattutto il suo comportamento a preoccupare le insegnanti. Era una bambina educata e sensibile ma faceva sempre più fatica a seguire le lezioni e anche a giocare con i compagni.

Suggerirono di fare qualche accertamento ma non si scoprì nulla di significativo. Anzi, Moryan dimostrava di avere capacità superiori alla sua età e nessuna compromissione.

Restava tutta quella energia e quella voglia di fare altro, invece che studiare.

La vacanza al lago era stata pensata proprio per cercare di allontanarla un po' dalla scuola e dalla città dove vivevano, sperando che questo potesse cambiare qualcosa.

John sfogliò ancora le pagine del diario, mostrandomi i disegni di quella vacanza in Italia. Erano bellissimi, colorati come solo una bambina felice può fare. Riconobbi facilmente tutti i posti che John era andato a visitare in quei giorni: il Giardino botanico, il Vittoriale, il lungolago di Gardone con i battelli.

Dopo quella vacanza, mi accorsi che le pagine del diario diventavano sempre meno ricche di disegni e di pensieri. Come se qualcosa avesse rotto quel legame tra un padre fino ad allora premuroso e buono e quella bambina sempre più difficile. Mi raccontò anche lui di quel giorno che era scappata correndo verso il lago per fare un tuffo, confessandomi che, quando il contadino la riportò indietro, la tennero chiusa in casa per due giorni. Era già successo altre volte e avevano paura.

E poi mi fece vedere l'ultima pagina di quel diario, l'ultimo disegno fatto da Moryan, molti anni dopo.
Era lei, con i capelli rossi sciolti lungo le spalle e un elegante vestito viola, che danzava sopra il tetto di una casa. Sullo sfondo si vedevano il lago e, nel cielo, uno spicchio di luna.

Mi disse che lo faceva spesso nella loro casa nella Carolina del Nord e lo aveva fatto anche a Tresnico, salendo e ballando sui coppi rossi che coprivano il tetto della casa.
Moryan aveva imparato a legarsi dei sassi sotto le scarpette. Li portava via dalla spiaggia, scegliendoli con cura. Erano bianchi e piatti. Così poteva ballare il suo tip tap alla luna.

John chiuse gli occhi e alzò il dito indicando il soffitto.

"Lo senti anche tu? Io la sento ancora"

Si riprese a fatica e dal cassetto mi allungò una foto. Si vedeva Moryan che salutava il pubblico a teatro insieme ad altri ballerini.

La danza era una passione fortissima. Era il suo sogno. Un sogno che era nato prestissimo e che aveva travolto tutto il resto: giochi, affetti, amicizie, scuola. John non lo aveva capito subito. Sua moglie Lisa non lo capì mai.

"Non esiste un età giusta per inseguire un sogno e non volevo essere io a fermarla"

Pronunciò queste parole con un orgoglio che si mischiava al dolore.

John fece un patto con lei. Moryan accettò di tornare a scuola per terminare il primo ciclo di studi. In cambio, lei avrebbe potuto frequentare l'accademia di danza.

Una scelta costosa sul piano economico, che rese ancora più complicato il rapporto tra John e Lisa.

Gli anni passarono non proprio felicemente. Le fatiche della scuola si ripercuotevano sullo stato d'animo di Moryan e la sua eccellenza nella danza non convinceva pienamente tutti i maestri.

Qualcuno aveva cominciato a sottolineare un difetto anatomico nel modo di appoggiare i piedi a terra. John pensò subito a quei sassi...

Lasciò l'accademia e cominciò un periodo drammatico per lei e per tutta la famiglia, tentando altre scuole, senza mai trovare quella giusta.

"Ricordo che mancavano pochi giorni al suo compleanno. Stava per compiere 18 anni. E il giorno dopo doveva sostenere gli esami per ottenere il diploma. Ormai, mi ero quasi convinto che il destino per mia figlia fosse un altro, lontano dai palchi e dai teatri."

John non aveva considerato che a volte anche il destino fa l'attore e si diverte a cambiare la scena quando ormai il finale sembra già scritto.

Quella festa di compleanno non si svolse mai. Al suo posto arrivò una lettera. *"Caro Papà, stanotte ho capito che la mia vita la voglio dedicare alla danza. Lei è l'incontro più bello che abbia fatto. E stanotte le ho fatto una promessa. Io la seguirò, ovunque lei vada. Ieri ho incontrato due ragazze...."*

John mi consegnò questa lettera, che aveva trovato al suo risveglio appoggiata sopra il tavolo della cucina.

Io la presi e continuai a leggerla.

La sera prima Moryan aveva conosciuto due ragazze che venivano dall'Europa. Le aveva notate sul marciapiede di una strada mentre suonavano chitarre e percussioni e una di loro, con una voce bellissima, intonava canzoni andaluse.

Forse quella era la musica che stava aspettando da anni e cominciò a danzare davanti a loro.

Inghiottita da una vertigine di benessere, circondata solo dal ritmo e dal movimento, ballò fino al mattino. Poi scrisse a John e partì per un viaggio che non voleva perdere in nessun modo.

Dopo che ebbi terminato di leggere, lo guardai: aveva gli occhi di nuovo rossi, come i suoi capelli, come la sua barba, come tutta la sua faccia.

"La cercai in tutti i modi possibili. Per anni non feci altro, senza alcun risultato"

Io, intanto, ero ancora sconvolto. Guardavo l'uomo che avevo davanti a me e pensavo a come avesse potuto trovare la forza per resistere fino ad ora.

"Per fortuna, un giorno mi arrivò una cartolina da Tresnico. Mi scrisse che stava bene, che lavorava, che era felice"

Almeno aveva saputo qualcosa di lei. Che era viva, soprattutto.

John mi raccontò che di cartoline e di lettere ne arrivarono altre. Non moltissime per la verità ma sufficienti per capire che Moryan stava continuando a seguire la sua danza in giro per il mondo e che forse, grazie alla sua arte, riusciva anche a vivere.

Gli anni passarono e anche il rapporto tra John e Lisa divenne più sereno. Avevano cercato di riprendersi frequentando maggiormente gli amici più stretti e partecipando alle attività di associazioni filantropiche.

Ma anche a distanza di anni, di tanto in tanto, il ricordo di Moryan tornava ad affiorare.

"C'erano delle giornate in cui tornavamo a casa stanchi ma così contenti del lavoro fatto per aiutare i bambini poveri e senza famiglia, che quasi ci sembrava di aver dimenticato l'inferno di quegli anni. E poi, invece, bastava un attimo di silenzio mentre si cenava perché tutto crollasse di nuovo.

Lisa trasformava il suo dolore in rabbia, si alzava di scatto dalla sedia e sbatteva la porta prima di salire e chiudersi in camera.

Io ho sempre cercato di capire. Mi riempivo di pensieri... ma restavo come tramortito da un senso di colpa a cui non riesco ancora oggi a dare un nome e che non mi abbandona"

Ci salutammo, abbracciandoci forte.

Per arrivare alla mia abitazione avrei dovuto solo attraversare la strada, ma mi bastarono pochi passi per capire che la piazzetta che si mostrava appena alla fine del vicolo, era l'unico luogo in cui avessi davvero voglia di entrare. Perchè ci sono momenti in cui un uomo ha bisogno di un tetto molto più grande sopra di lui e quella sera io avevo bisogno di stare senza muri intorno, di stare da solo, tra un albero e le stelle.

Mi appoggiai al muretto da cui durante il giorno si vedeva tutto il mantello azzurro e grigio del Garda.

Ora, invece, il leggero vento dell'estate scuoteva gli ulivi che diventavano lampi, increspature argentate, onde tranquille nella notte.

Ero arrivato lì con addosso il peso di un dolore ma dopo qualche attimo era tutto cambiato. Come se un respiro più grande mi avesse preso e portato da un'altra parte.

Assaporavo un profondo e irresistibile senso di forza e di libertà.

Lo stesso che forse aveva travolto Moryan quando da bambina era corsa a perdifiato verso il lago, credendo che il suo gioioso desiderio di fare un tuffo avrebbe potuto magicamente annullare la distanza.

Lo stesso che poi la spinse a partire senza più voltarsi indietro, convinta da una voce e dal ritmo che usciva da due chitarre in mezzo alla strada. Desideri, emozioni e realtà, un gioco spesso violento di scambi, di scontri e di territori presi o restituiti. Diventare adulti, restando bambini.

La luce alla finestra di John era ancora accesa. Tirai qualche piccolo sasso sui vetri.

Volevo assolutamente che scendesse. John si affacciò e mi sorrise, facendo un cenno con la testa.

Lo portai con me verso la piazzetta e ci sdraiammo, perdendoci ad ascoltare insieme quel magico *Notturno* del Garda. Piano piano capivo che si stava aprendo sopra di lui una piccola porta verso il mondo di Moryan.
Per la prima volta stava riuscendo a raggiungerla e a toccarle il cuore senza portarci il suo, come il passeggero di un treno che parte per un viaggio senza guardare mai dal finestrino, aspettando con fiducia il momento di scendere.

Quando le prime luci dell'alba mi risvegliarono non lo trovai più. Al suo posto, John aveva lasciato il diario con la copertina di pelle chiuso con una cintura di corda. Sopra, un disegno fatto a matita. Ero io mentre dormivo, sdraiato davanti al lago.

Lentamente, e ancora frastornato da quella notte, mi rialzai, avvertendo un rumore in lontananza. La prima corriera attraversava il paese.
Senza bisogno di andare a bussare alla sua porta, guardai verso l'orizzonte: John stava tornando a casa.

Finalmente, aveva compreso che quell'inseguimento non l'avrebbe mai portato a ritrovare sua figlia. Anzi, forse in tutti quegli anni si era sempre più allontanato da lei.

Spesso l'amore ci conduce a un bivio senza indicazioni precise e tutto diventa solo una questione di ali e di direzioni.

Non si può inseguire un'aquila che vola, cercando di correre verso di lei. Meglio lasciarla andare, aspettare e, quando passa, farsi trovare pronti ad ammirarla.

Moryan era la sua aquila. Selvaggia, solitaria, crudele, bellissima.

Anch'io ero alla fine della mia vacanza.

Spesi gli ultimi giorni a sistemare la casa che in effetti avevo un pò trascurato e feci di nuovo qualche acquisto sul lungolago di Gardone.

Risalendo verso Tresnico, guardai il manifesto con gli eventi artistici che si sarebbero svolti al Vittoriale e mi soffermai sullo spettacolo previsto quella sera.

Annotai l'orario e ripresi la mia strada.

Non avevo molto tempo per prepararmi e così cercai di accelerare i saluti con i vecchi amici del posto.

Con la signora Angelina non era mai facile, in verità. Era la mia padrona di casa e con gli anni la sua loquacità era diventata una specie di incubo per tutti. Del resto, non era proprio possibile evitarla. Quando si affacciava dal cortile e metteva la testa nello stretto vicolo dove abitava, non avevi scampo. Ma era anche gradevole chiacchierare con lei. Ed io mi prestai volentieri anche quel giorno. Alla fine mi regalò una torta di mele che aveva appena cucinato. Il tempo era volato, ne mangiai una fetta, indossai una giacca e scesi al Vittoriale.

Arrivai un pò in ritardo, proprio mentre il brusio della gente era terminato, lasciando spazio al silenzio. Dal lago filtravano ancora le flebili luci del crepuscolo quando una danzatrice si presentò al centro del palco, muovendosi senza musica.

Poi iniziarono i tamburi e altre percussioni. In qualche minuto la scena cambiò completamente ed io rimasi come rapito da quel quadro di colori in movimento, di voci e di corpi che saettavano, volando tra il palco ed il cielo.
Fu un viaggio senza tregua, tra terra, mare e cielo in cui riconobbi stili e ritmiche musicali diverse, ambienti e voci di territori poco conosciuti del nostro mondo.

In scena danzatori, acrobati, musicisti, poeti e una ballerina vestita di viola che scivolava a piedi nudi da un mondo all'altro, con una grazia che non avevo mai visto prima.
Come me, tutto il pubblico era come ipnotizzato da tanta bellezza. E quando le luci si spensero e sparì nel buio

anche l'ultima nota, mi ci volle qualche secondo per riprendermi e tornare alla realtà del momento.

Poi un applauso lunghissimo, infinito. E finalmente l'uscita degli artisti e gli inchini.

Anch'io mi ero alzato, battendo forte le mani come sincero ringraziamento per quello splendido spettacolo. In ultimo uscì anche la protagonista, con il suo vestito viola ed i capelli rossi. Dalla compagnia di danzatori e musicisti arrivò un mazzo di fiori grandi e colorati. Lei li prese guardandoli a lungo con stupore e commozione mentre un uomo le prese il braccio portandola davanti:

"Signore e signori, Moryan Mc Millan"

Non credevo ai miei occhi e quasi urtai dall'emozione lo spettatore davanti a me. Intanto gli applausi continuavano e si facevano ancora più intensi e convinti. La obbligarono a dire qualcosa e lei alla fine dovette cedere.

Prese il microfono e cominciò a ringraziare tutti, mentre ancora una volta le distanze reali che mi separavano da lei stavano lasciando posto a quelle decise dal mio cuore.

I suoi contorni si facevano sempre più vicini ed io sovrapponevo al suo volto i disegni di quegli occhi grandi e scuri che John aveva ritratto per anni sulle pagine del diario e a quella immagine dipinta sulla porta della casa di Tresnico. Dopo un altro applauso, Moryan riprese a parlare.

"Lo spettacolo che avete visto, lo dedico ai miei genitori, John e Lisa"

Ascoltai queste parole mentre ancora ero intento a posizionare forse l'ultima tessera nel mosaico di questa storia incredibile.

La guardai fino a quando divenne un puntino e si perse tra la gente. In realtà, anche dopo, fino a quando un ragazzo addetto al servizio d'ordine mi chiese gentilmente di uscire dal teatro. Corsi fino alla macchina per prendere il diario di pelle che avevo già caricato in vista del mio ritorno a casa e ritornai al Vittoriale nella speranza di poterla incontrare.

Stavo fermo sul marciapiede, sotto alla luce gialla di un lampione, con lo sguardo fisso verso il cancello d' ingresso.

Lei arrivò, insieme a un gruppo di persone.

Ero a pochi metri e feci il gesto di chi chiede con discrezione un autografo. Lei mi vide e sorrise. Disse agli altri di andare avanti, poi mi raggiunse.

La salutai porgendole la penna e feci per aprire il diario, ma lei mi fulminò. *"Dov'è? È qui?"*, disse, quasi aggrappandosi ai miei occhi, con la voce tremante dall'emozione .

"Si, sono qui Moryan"

Mi voltai incredulo e vidi John dietro di me che piangeva, sorridendo.

Un attimo dopo Moryan era tra le sue braccia e si confusero in un abbraccio che sembrava una danza. Anzi, lo era.

Lui si staccò e fece due passi e poi un inchino. Lei rispose cominciando a muoversi, sinuosa attorno a lui. Le mani si alzarono e il loro battito divenne ritmo, rompendo il silenzio della notte di Gardone.

Forse era il ricordo del primo flamenco provato da una bambina davanti al suo papà nel cortile di casa.

John aveva trovato la forza di rispettare la sua libertà, senza chiedere più nulla e Moryan, finalmente, aveva potuto svelare davanti a lui tutta la forza e la bellezza del sogno a cui non aveva potuto rinunciare.

Mi allontanai lentamente, mentre il loro abbraccio danzante continuava sotto la luce dei lampioni, sullo sfondo dei maestosi cipressi di D'Annunzio.

Continuai a guardarli, camminando lentamente all'indietro sulla discesa che portava verso il lago. Inciampai diverse volte e cominciai a ridere.

Allora mi venne una pazza voglia di ballare anche se non lo avevo mai fatto in vita mia. Ballai sulla strada fino alla spiaggetta di ghiaia e sassi, inciampando e cadendo di continuo molte volte ancora, arrivando sfinito e felice davanti alle onde.

Le ascoltai. Quella era un'altra notte in cui non potevo dormire tra i muri di una casa.

Cercai un posto comodo tra un albero e le stelle.

Infine, indossai il dolce mantello del Garda, chiusi gli occhi e aspettai che venisse ancora mattina.

Ringraziamenti

Un ringraziamento profondo alla mia cara amica *Sibyl von der Schulenburg*, scrittrice eccelsa e donna dal straordinario impegno culturale e sociale, per la cura con cui fin dall'inizio ha seguito l'evolversi di questa mia opera e per il sostegno forte verso la mia attività letteraria e i suoi risvolti spesso collegati alla beneficienza.

Per le illustrazioni il mio grazie sincero va invece all'amico *Dunio Piccolin* pittore, affrescatore, incisore di grande valore che ha regalato a questo racconto la luce e l'originalità del suo talento artistico.

Infine, una dedica speciale ai luoghi del *Lago di Garda* e in particolare al bellissimo borgo di *Tresnico* adagiato sulle colline che circondano il Vittoriale di Gardone, veri protagonisti della narrazione e di una vacanza indimenticabile.

Moryan per OdV Amici di Laura

Tutti gli aiuti che deriveranno da questo racconto saranno destinati alla Organizzazione di Volontariato *Amici di Laura* di Usmate Velate (MB), al fine di sostenere attività per il tempo libero e percorsi per lo sviluppo di una Vita più Autonoma e Indipendente destinati a persone in condizioni di dis-abilità.

Biografia dell'autore

Mirko Campini è nato nel 1966 a Milano. Svolge il servizio civile nel Centro diurno disabili di Lissone e dal 1990 lavora come Educatore nei servizi diurni socio sanitari pubblici. Attualmente fa parte dell'equipe educativa del **Cdd Terra di Mezzo di Usmate (MB) della A.s.s.t Brianza** . Dal 2014 al 2019 coordinatore e formatore per il tempo libero per l'associazione Onlus Noi Per Loro di Lissone (MB). Dal 2015 collabora a progetti per il miglioramento della qualità di vita delle persone in stato vegetativo del reparto Ancora Vita della RSA Cerruti di Capriate SG (Bg). Dal 2020 collabora con l'**Associazione Amici di Laura di Usmate Velate (MB)** per progettualità inerenti l'autonomia e vita indipendente per le persone con disabilità.

Come scrittore ha partecipato alle antologie *Tu corri , io volo, Le coordinate del cuore* e *Piccoli fiori* destinate ad associazioni onlus per scopi umanitari.

Con i racconti *Non lo so, io lo chiamo Amore* e le poesie *L'autismo, secondo me* e *Quella maledetta seconda D* si è classificato al primo posto sul sito online Il Mio Libro.it.

Ha pubblicato altri due racconti brevi in autoproduzione :
Viaggio in Galizia e **Monsieur Thibault** *il ladro di cappelli*. Amministratore del gruppo Face- book Atinù e di un canale You Tube.

Printed in Great Britain
by Amazon

73839034R00031